ティアラ✦クラブ

3

デイジー姫《ひめ》と びっくりドラゴン

ヴィヴィアン・フレンチ 著《ちょ》/サラ・ギブ 絵《え》/岡本《おかもと》 浜江《はまえ》 訳《やく》

朔北社

人物紹介《じんぶつしょうかい》

ティアラ✦クラブ

3

デイジー姫《ひめ》と
びっくりドラゴン

りっぱなお姫《ひめ》さまを育《そだ》てる
お姫《ひめ》さま学《がく》園《えん》

学園《がくえん》のモットー

りっぱなお姫《ひめ》さまは、つねに自分《じぶん》のことよりほかの人《ひと》のことを考《かんが》え、親切《しんせつ》で、思《おも》いやりがあり、誠実《せいじつ》でなくてはならない。

すべてのお姫《ひめ》さまに次《つぎ》のようなことを教《おし》えます。

たとえば・・・

❶ドラゴンに話《はな》しかける方法《ほうほう》

お姫《ひめ》さまたちには、次《つぎ》のステップに進《すす》むため、ティアラ点《てん》をあたえます。一学年《いちがくねん》で十分《じゅうぶん》なティアラ点《てん》をとったお姫《ひめ》さまたちは、ティアラ・クラブに入会《にゅうかい》することができ、銀《ぎん》のティアラがもらえます。

ティアラ・クラブのお姫《ひめ》さまたちは、次《つぎ》の年《とし》、りっぱなお姫《ひめ》さまたちのとくべつの住《す》まいである「銀《ぎん》の塔《とう》」にむかえられ、より高《たか》いレベルの教育《きょういく》を受《う》けることができます。

2 すてきなダンスドレスのデザインと作《つく》り方《かた》

3 王宮《おうきゅう》パーティ用《よう》の料理《りょうり》

4 まちがった魔法《まほう》を防《ふせ》ぐには

5 ねがいごとをし、それをかしこく使《つか》う方法《ほうほう》

6 空《そら》をとぶような階段《かいだん》の下《お》り方《かた》

クイーン・グロリアナ園長《えんちょう》はいつも園内《えんない》におられ、生徒《せいと》たちの世話《せわ》は妖精《ようせい》のフェアリー寮母《りょうぼ》がします。

客員講師《きゃくいんこうし》と、それぞれのご専門《せんもん》は・・・

- パーシヴァル王《おう》（ドラゴン）
- マチルダ皇太后《こうたいごう》（礼儀作法《れいぎさほう》）
- ヴィクトリア貴夫人《きふじん》（晩《ばん》さん会《かい》）
- ディリア大公爵夫人《だいこうしゃくふじん》（服《ふく》そう）

注意《ちゅうい》

お姫《ひめ》さまたちは少《すく》なくとも次《つぎ》のものをもって入園《にゅうえん》すること。

- ダンスパーティ用《よう》ドレス　二十着《にじゅっちゃく》
  （スカートを広《ひろ》げる輪《わ》、ペチコートなども）
- ダンス・シューズ　五足《ごそく》
- ふだんの服《ふく》　十二着《じゅうにちゃく》
- ビロードのスリッパ　三足《さんぞく》
- 乗馬靴《じょうばぐつ》　二足《にそく》
- ロングドレス　七着《ななちゃく》
  （ガーデン・パーティなど、とくべつな時《とき》に着《き》るもの）
- マント、マフ、ストール、手袋《てぶくろ》、そのほか必要《ひつよう》とされているアクセサリー
- ティアラ　十二《じゅうに》

Princess Daisy
デイジー姫《ひめ》

こんにちは！　わたし、きちんとごあいさつしたかったの。「はじめまして、お姫《ひめ》さま」っていったらいいかしら？　でもそれじゃあ、あんまり親《した》しい感《かん》じじゃないわね。わたし、あなたと仲《なか》よしになりたいの。だって、お姫《ひめ》さま学園《がくえん》の同級生《どうきゅうせい》ですものね？

あ、いけない！　はじめにいうの、わすれた。わたしはデイジーよ。
デイジー姫《ひめ》。あなたはもう、わたしのお友《とも》だちにお会《あ》いになって？
シャーロット姫《ひめ》、ケティ姫《ひめ》、アリス姫《ひめ》、エミリー姫《ひめ》、ソフィア姫《ひめ》に。
みんなりっぱなお姫《ひめ》さまになろうとして、勉強《べんきょう》して
いるの。あなたやわたしと同《おな》じにね。たいていのと
きはたのしいわ。でもパーフェクタ姫《ひめ》は、いやな人《ひと》。
あの人《ひと》が同《おな》じ「バラのお部屋《へや》」でなくてほんとうに
よかったわ。
とってもこわいんですもの！

Princess Daisy and the Dazzling Dragon by Vivian French
Illustrated by Sarah Gibb

First published by Orchard Books
First published in Great Britain in 2005

Japanese translation rights arranged with
Orchard Books, a division of the Watts Publishing Group Ltd, London
through Tuttle-Mori Agency, Inc., Tokyo

Capter One

第《だい》1章《しょう》

あなたは、なにかにおびえたことあって？　わたしはあるの。たとえばね、この学園《がくえん》で一年《いちねん》のおわりまでに五百《ごひゃく》ティアラ点《てん》がとれなくて、ティアラ・クラブにいれてもらえなかったらどうしようって、おびえるの。どうしてもはいりたいんですもの！　とってもすてきらしいわよ。それからわたしは、クモとか、大《おお》きくてらんぼうな犬《いぬ》

にもおびえるの。大《おお》きくて、らんぼうなものって、考《かんが》えただけでひざががくがくしちゃうわ！　うちの園長先生《えんちょうせんせい》、クイーン・グロリアナもちょっとこわい。お背《せ》が高《たか》くて、お品《ひん》がいいけれど、わたしたちがなにか悪《わる》いことをすると、とってもこわい感《かん》じになられるの。フェアリー寮母《りょうぼ》さまは、もうちょっと親《した》しみやすいけれど、かっとなることもあるのよ。そうすると、二倍《にばい》くらいの大《おお》きさになっちゃうの。ほんとよ、妖精《ようせい》だから！　じょうだんではないのよ！

これからみんなで、本物《ほんもの》のドラゴンに会《あ》いに行《い》きますって聞《き》いたときも、わたし、すっかりおどろいて、しゃっくりが止《と》まらなくなりました。

わたしたちが、お朝食《ちょうしょく》をいただいていると、クイーン・グロリアナ

園長《えんちょう》とフェアリー寮母《りょうぼ》さまが、朝《あさ》のごあいさつに、はいってこられました。「おはよう、わたしのかわいいお姫《ひめ》さまたち」とクイーン・グロリアナ園長《えんちょう》はおっしゃいました。
「さて、一年生《いちねんせい》のみなさんに、とても大切《たいせつ》なお知《し》らせをいたします。今日《きょう》の午前中《ごぜんちゅう》の授業《じゅぎょう》は、ごぞんじのように、『りっぱな王宮《おうきゅう》パーティのためのめずらしいケーキづくり』です。でもお昼食《ちゅうしょく》をすませたら、午後《ごご》

はできるだけ早《はや》く塔《とう》のお部屋《へや》へ行《い》っていただきます。とても運《うん》がよろしいのですよ。パーシヴァル王《おう》がドラゴンを一匹《いっぴき》、つれてきてくださることになったのです！」

まるでピンが落《お》ちても聞《き》こえるくらい、しーんとなりました。

わたしは心臓《しんぞう》がどきどきして爆発《ばくはつ》しちゃうんじゃないかと思《おも》ったわ。そしてまたしゃっくりが出《で》ました。とっても、はずかしかった！

「さて、」とクイーン・グロリアナ園長《えんちょう》はつづけました。

「パーシヴァル王《おう》のおっしゃることを、

みなさん、注意《ちゅうい》ぶかくお聞《き》きなさい。王《おう》さまは、『ドラゴンに話《はな》しかける方法《ほうほう》』を教《おし》えてくださるのです。そして授業《じゅぎょう》のおわりにティアラ点《てん》をくださいます。みなさんが少《すく》なくとも十点《じゅってん》ずついただいてくるよう、たのしみにまっていますよ！」

そしてクイーン・グロリアナ園長《えんちょう》は、食堂《しょくどう》をすいーっと出《で》て行《い》かれ、フェアリー寮母《りょうぼ》さまも、すいーっとにはちょっと大《おお》きすぎるので、あとからばたばた出《で》て行《い》きました。

もちろんわたしたちはすぐに話《はな》しはじめました。パーフェクタ姫《ひめ》とフロリーン姫《ひめ》はべつだけれど。パーフェクタは、さもうんざりってあくびをして、フロリーンもまねをしました。パーフェクタはきょねんもこの学園《がくえん》にいたから、なにもかも知《し》っています。ただ、丸一年《まるいちねん》かけてもティアラ点《てん》は百点《ひゃくてん》くらいでした。アリスのお姉《ねえ》さまによると、クイーン・グロリアナ園長《えんちょう》が、パーフェクタをとてもおしかりになって、もう一度《いちど》一年生《いちねんせい》をやらせることになったのだそうです。

「ドラゴンですって！　おもしろそう！」ケティがいって、目《め》をかがやかせました。

「すごく大《おお》きいのかしら？」わたしがびくびくして、聞《き》きました。

「巨大《きょだい》で、どうもうなんじゃないかしら！」

シャーロットがいったら、ソフィアは首《くび》をふりました。

「だったら、クイーン・グロリアナ園長《えんちょう》がおゆるしになるはずないでしょうよ。あたくしが思《おも》うには、きっととても年《とし》をとって、火《ひ》もふけないく

らいになったドラゴンじゃないかしら」

「さあ、行《い》きましょうよ！」

アリスが立《た》ちあがっていいました。

「早《はや》く行《い》って、たいくつなケーキづくりをおわらせましょう。そのあと、本物《ほんもの》のドラゴンが見《み》られるのですもの。さあ、早《はや》く、そのトーストおしまいにして、デイ

ジー」

わたしは自分《じぶん》のお皿《さら》に、まだ手《て》をつけてないトーストがのっているのを見《み》ました。あんまりおなかすいてない……とくに、はしっこがこげているのを見《み》ちゃうと。なんだかドラゴンがふく火《ひ》の息《いき》を思《おも》いだしちゃいます。

「もう、ごちそうさまにするわ」わたしはいいました。

エミリーがわたしの手《て》をとって、いっしょに食堂《しょくどう》を走《はし》って出《で》ました。

「だいじょうぶよ。きっと平気《へいき》よ。少《すく》なくともあたしはそう思《おも》いたいわ」

エミリーがいいました。

うしろでパーフェクタ姫《ひめ》が大声《おおごえ》でいっているのが聞《き》こえました。

「まったくもう、あの子《こ》たち、おくびょうネコなんだから！」

Capter Two

第《だい》2章《しょう》

ケーキのレッスンはさいていでした！　いつもならわたしはたのしむはずです。だってね、おうちにいたときは、コックがわたしをキッチンに近《ちか》づけなかったのよ。お姫《ひめ》さまのはいるところではありません、ていって、大《おお》きな木《き》のスプーンで追《お》いはらったの。

クイーン・グロリアナ園長《えんちょう》は、わたしたちも、末《すえ》ながい将来《しょうらい》には、どういうくらしをするかわからないから、お料理《りょうり》もおぼえておかなくては、と思《おも》われるのです。王族《おうぞく》でもたまには、コックがやとえないようなまずしいいえもあるのだそうです。

とにかくわたしは、ドラゴンのことを心配《しんぱい》するのにいそがしくて、ヴィクトリア夫人《ふじん》がオーブンを何度《なんど》にセットするかおっしゃっているのに、まるで聞《き》いていませんでした。だからわたしのフェアリー・ケーキは、まっ黒《くろ》こげになってしまいました！

フロリーンが、大《おお》きな声《こえ》で「消防隊《しょうぼうたい》でも呼《よ》ぶ？」なんていって、パーフェクタといっしょにげらげら笑《わら》いました。

「気《き》にするの、おやめなさい」ソフィアがいいました。

「さあ、あたくしのを分《わ》けてあげてよ」

ケティはわたしのケーキ皿《ざら》を見《み》ると、くすっと笑《わら》っていいました。

「まあ、ほんとに炭《すみ》だわね！　ヴィクトリア夫人《ふじん》に見《み》られないうちにすてちゃうほうがいいわ。かっとなられるといけないから」

ケティのいうとおりでした。わたしのケー

キは、ほんとうに炭《すみ》みたいで、自分《じぶん》でもくすくす笑《わら》いながらゴミ箱《ばこ》をさがしました。でも見《み》つからないので、このあわれなケーキを学校《がっこう》カバンにつっこんだところへ、ヴィクトリア夫人《ふじん》がこつこつ近《ちか》づいてこられました。ほんとにすごいハイヒールをはいていらっしゃる！

わたしたちが、なにもなかったような顔《かお》で立《た》っていると、

ヴィクトリア夫人《ふじん》が、めがねのむこうから、わたしたちのケーキ皿《ざら》を見《み》わたしました。

「期待《きたい》したほど、よくはありませんことね。デイジー、あなたのをお味見《あじみ》させてちょうだいな」

そしてわたしのケーキをとって（もちろん、ほんとはソフィアのだけど）ひとくち召《め》しあがりました。

「まあ、だめ！」ヴィクトリア夫人《ふじん》はさけびました。

「おさとうのかわりにお塩《しお》をいれるなんて！　まあ、どうしたことでしょう。これではティアラ点《てん》は一点《いってん》もあげられませんよ。あなたがたはなんというがっかりコックさんでしょう！　せっかく今夜《こんや》のパーシヴァル王《おう》のおいわいパーティに、じまんできるようなものをと思《おも》っていましたのに」

フロリーンがさっと立《た》ちあがりました。耳《みみ》がひらひ

ら動《うご》くのが見《み》えるよう。「パーティがあるんですか、ヴィクトリア夫人《ふじん》さま？」

ヴィクトリア夫人《ふじん》は、いえいえというように手《て》をふりました。

「パーシヴァル王《おう》のとくべつのお仲間《なかま》だけのですよ、フロリーン。たくさんの花火《はなび》があがって、みごとな水晶塔《すいしょうとう》の屋上庭園《おくじょうていえん》で、月《つき》の光《ひかり》をあびてダンスをなさるのです」ヴィクトリア夫人《ふじん》は悲《かな》しそうなお顔《かお》でわたしたちを見《み》ました。

「それで、真珠《しんじゅ》のようなピンクのおさとうをかざったフェアリー・ケーキを、たくさんおとどけしようと計画《けいかく》していたのです」

「おねがいです、ヴィクトリア夫人《ふじん》さま、わたしのフェアリー・ケーキは、すばらしくよくできていますす」パーフェクタが大《おお》きな声《こえ》でいいました。それから小《ちい》さくつぶやいています。

「おくびょうもののデイジーみたいに、ごまかしたりしないんだから！」

ヴィクトリア夫人《ふじん》は首《くび》をふりました。

「いいえ、パーフェクタ。あなたのだって、ちっともよくやけていませんよ。それに、じまんして大声《おおごえ》をだ

しましたね。マイナス・ティアラ二点《にてん》です」

パーフェクタは、こつこつ出《で》ていくヴィクトリア夫人《ふじん》の背中《せなか》にむけて顔《かお》をしかめました。そのときベルがなったので、わたしたちはぞろぞろとろうかに出《で》て、お昼食《ちゅうしょく》にむかいました。

わたしは、自分《じぶん》のピザが

食《た》べられませんでした。煙《けむり》のにおいがするような気《き》がして、おちつかなかったのです。エミリーも食《た》べられないようでした。

「ドラゴンて、くさりにつながれているんでしょうね？」エミリーがアリスに聞《き》きました。

アリスは鼻《はな》をこすりました。

「知《し》らないわ。うちのお姉《ねえ》さまはここにいたとき、本物《ほんもの》のドラゴンには会《あ》わなかったの。パーシヴァル王《おう》さまがつれていらっしゃるはずだったのだけど、そのめすのドラゴンはおなかにベビーができたとかで、ぐあいが悪《わる》くて。王《おう》さまはかわりにダンボールの切《き》り絵《え》をおもちになったらしいわ。お姉《ねえ》さまたちはとってもがっかりしたんですって！」

「まあ」エミリーは小《ちい》さな声《こえ》で答《こた》えました。

エミリーも心配《しんぱい》しているのがわかって、わたしはすこし勇気《ゆうき》が出《で》ました。そして、「いっしょにいましょうね」といいました。

「おくびょうネコたち！」

フロリーンがはきすてるようにいって、パーフェクタが笑《わら》いました。

「わたくしたち、みんないっしょにいましょうね」ソフィアがはっきりいいました。

エミリーとわたしは、手《て》をしっかりつないで、塔《とう》のお部屋《へや》へ行《い》く階段《かいだん》を注意《ちゅうい》ぶかくのぼりました。いつもだったら、そこはわたしの大好《だいす》きなお部屋《へや》。大《おお》きな窓《まど》が学園《がくえん》の屋根《やね》の上《うえ》に開《あ》いていて、何《なん》キロも何《なん》キロも先《さき》まで見《み》わたせます。でも今日《きょう》は、ごくゆっくり階段《かいだん》をのぼりました。ソフィア

とアリスも同《おな》じように手《て》をつないでいて、シャーロットとケティまで、ドアからはいるのをためらっています。

「わぁぁぁ、わたしこわい、エミリー！」わたしはふるえました。

「わたしもよ」エミリーがいいました。声《こえ》がびくびくしています。

「でもわたしたち、お姫《ひめ》さま

だから……」

　わたしはごくりとつばをのんで「そうね、はいりましょう！」といいました。

　そしてはいりました。きらきらのウロコや、おっそろしい目《め》でにらみつける巨大《きょだい》なドラゴンがいるのだと思《おも》いながら。もしあんまりこわかったら、逃《に》げちゃおう……

　ところが、ちっともこわくありませんでした。だってそのドラゴンは、とっても、かわいらしかったのです！

Capter Three

第《だい》3章《しょう》

アリス、ケティ、ソフィア、シャーロット、そのほか一年生《いちねんせい》のお姫《ひめ》さまたちは、みんな「わぁ！」とか「あらぁ！」とかいっています。わたしにはそのきもちがよくわかりました。だってそのドラゴンはまだほんの赤《あか》ちゃんで、丸《まる》い銀色《ぎんいろ》のおなかに光《ひか》るウロコがあり、かわいらしい小《ちい》さなグリーンのつばさをもっているのです。

大《おお》きな金色《きんいろ》の目《め》でわたしたちを見《み》つめたけれど、ドラゴンのほうがわたしたちをこわがっているみたいでした！

　パーシヴァル王《おう》が小《ちい》さなドラゴンのうしろに立《た》っておられて、にっこりなさいました。パーシヴァル王《おう》は百歳《ひゃくさい》くらいで、とてもふとってい

てひげもじゃで、いつもはしかめつらをしていらっしゃる……とくに、お教室《きょうしつ》で『王子《おうじ》の前《まえ》でとる上品《じょうひん》な態度《たいど》』（わたしたちの一番苦手《いちばんにがて》なことで、よくまちがえます！）を教《おし》えてくださるときなんか。でも今日《きょう》の王《おう》さまは、とてもうれしそうで得意《とくい》になっておられるごようすです。

「はっは！　かわいいやつじゃろう？　むろん、まだ訓練《くんれん》はせねばならんが、よくやっておる。耳《みみ》をくすぐってやってはどうじゃ？　女《おんな》の子《こ》たちはそういうことが好《す》きじゃからな。ドラゴンにもよいあいさつになる。こうして小《ちい》さいのに会《あ》っておけば、もう、大《おお》きいのに会《あ》ってもこわくはあるまい」

わたしは、ケティの目《め》が光《ひか》るのを見《み》ました。

「ほんとにさわってもいいのかしら？　かわいいわね！」

パーシヴァル王《おう》は、まるで子《こ》どもをじまんするお父《とう》さんのように、小《ちい》さいドラゴンのおなかをふっとふきました。

「どうやら、これもすこしこわがっておるようじゃ。ゆっくり近《ちか》づきなさい。びっくりさせぬように」

ケティとシャーロットが、つま先立《さきた》ちでそろりそろりと小《ちい》さなドラゴンに近《ちか》づき、ケティが耳《みみ》をくすぐり、シャーロットが、あごの下《した》をなでてあげました。ドラゴンがおかしなごろごろ声《ごえ》をだしたので、気《き》にいったのがわかりました。

「いい姫《ひめ》たちじゃ」王《おう》さまはいいました。

「このちびをこわがらないでくれてうれしい。さあ、つぎ！」

パーシヴァル王《おう》がまっすぐわたしを見《み》ておっしゃいました。でもわた

しがなにかいう前《まえ》に、パーフェクタが手《て》をあげました。

「デイジー姫《ひめ》はおゆるしくださいませ、王《おう》さま」パーフェクタはいやみな、あざ笑《わら》う声《こえ》でいいました。

「ドラゴンがこわくて、かたくなっております」

「そんな！　ちがうわ！」わたしはかっとなっていいました！

だってこの小《ちい》さいドラゴンは

とってもかわいくて、こわいどころか、すぐにでもだきしめたいくらいだったの。

わたしはパーフェクタをにらみつけて、ぐんぐん前《まえ》にすすみでようとしました。するとそのとき、フロリーンがひょいと足《あし》をだしました。わたしはそれにつまずいて、ドッターンところんでしまいました。

小《ちい》さいドラゴンが悲《かな》しそうな

声《こえ》をあげたかと思《おも》うと、窓《まど》にむかってとびました。そしてまだだれも動《うご》けないでいるうちに、ガラスをやぶってとびだし、外《そと》の屋根《やね》の平《たい》らなところをはねまわりました。

そのあと、それはもう、信《しん》じられないようなおそろしいことがおこりました！ とほうもなく大《おお》きななき声《ごえ》が聞《き》こえ、もうもうたる煙《けむり》があがったかと思《おも》うと、想像《そうぞう》もできないような大《おお》きなドラゴンが、どこか下《した》のほうからとびあがってきたのです。ウロコがぎらぎらと光《ひか》り、空中《くうちゅう》でむきをかえるたび、どっしりした皮《かわ》のようなつばさが、ばっさ、ばっさと上下《じょうげ》します！ ものすごく大《おお》きい金《きん》の目《め》がいかりにもえて、こわれた窓《まど》のむこうから、ほのおがぱっととんできました。わたしたちは、凍《こお》りついたように床《ゆか》に立《た》ちすくんでしまいました。ガラスが、じゅじゅーっ

といって、とける音《おと》まで聞《き》こえました！

するとそのとき、パーシヴァル王《おう》が、信《しん》じられないくらい勇気《ゆうき》あることをなさいました。

まっすぐ、穴《あな》のあいた
窓《まど》にむかって走《はし》ったの
です。まだガラスが
まっ赤《か》にもえて、しず
くになって、ぽたぽた
落《お》ちています。

王《おう》さまは、首《くび》にかけた銀《ぎん》の笛《ふえ》をふきはじめました。すると、大《おお》きいドラゴンが空中《くうちゅう》で止《と》まり、まいながら王《おう》さまを見《み》つめました。

もうびっくり！

「おりろ！」パーシヴァル王《おう》が、とどろくようなふとい声《こえ》で命令《めいれい》しました。

「悪《わる》いドラゴンめ、おりるの

じゃ！　ただちに！　アージェント、地《ち》におりよ！」

その大《おお》きなめすドラゴンは、目《め》をぱちぱちとしましたが、そのとたんに、まったくこわい感《かん》じがなくなりました。ドラゴンは、輪《わ》をえがきながら、しだいに下《した》におりて、とうとう見《み》えなくなりました。そのあとは、煙《けむり》のにおいだけが、あたりにただよっていました。それと、あの小《ちい》さなドラゴンが平《たい》らな屋根《やね》の上《うえ》にうずくまっていたのです。お母《かあ》さんをよぶ悲《かな》しげな泣《な》き声《ごえ》が聞《き》こえてきます。

パーシヴァル王《おう》は、ひたいの汗《あせ》をぬぐって、わたしたちをふりかえられました。わたしたちはみんな、目《め》がとびだしそうな顔《かお》で立《た》ちすくんでいました。

「ははっ！　みんなだいじょうぶか？　だれも黒《くろ》こげにはならなかった

であろう？」

わたしが見《み》たところ、だれも口《くち》なんか、きけそうにありませんでした。みんなもう、いま目《め》の前《まえ》でおこったことにおどろいてしまって……でもなんだかへん。あのドラゴンは、あんなに大《おお》きくて、あんなにすごいのに、パーシヴァル王《おう》を見《み》たときのようすは、なぜか、わたしの犬《いぬ》が、悪《わる》いことをしたのに気《き》がついたときのような感《かん》じでした。とにかく、わたしはもうこわくありませんでした。ぜーんぜん！

「よろしい、よろしい。そう聞《き》いて安心《あんしん》した。うむ……まあ、すまなかった。アージェントがあのようにとつぜんとびだしてくるとは。おそらく、ベビーが少々気《しょうしょうき》がかりだったのであろう。わからぬことでもない。われわれがあの幼《おさな》いドラゴンをつれてきてしまって、なかなか……」

パーシヴァル王《おう》がとつぜん話《はな》すのをやめました。じっと見《み》つめたので、わたしたちもその目《め》の先《さき》を見《み》ました。

小《ちい》さいドラゴンが屋根《やね》のはしまではって行《い》って、高《たか》い煙突《えんとつ》の上《うえ》にのっていたのです。今《いま》にも落《お》っこちそう！

「わあ、いやだ！」アリ

スがささやきました。

「どうやってあんなところへ行《い》けたの？」

「よじのぼったのであろうな」パーシヴァル王《おう》がいわれました。

「まだ、とべぬのじゃから。炭《すみ》でもさがしに行《い》ったのかもしれん。いつも腹《はら》をすかしておるから」

パーシヴァル王《おう》は、窓《まど》だったところへ行《い》って、のぞきました。「おりておいで、小《ちい》さいの！　おりるのじゃ。さあ、さあ！」王《おう》さまは呼《よ》びかけました。

でも小《ちい》さいドラゴンは動《うご》こうとしません。王《おう》さまは呼《よ》びかけたり笛《ふえ》をふいたりなさいましたが、小《ちい》さいドラゴンはまったく動《うご》きません。

「お母《かあ》さんドラゴンが、とんできて、つかまえてくれないでしょうか、王《おう》さま？」シャーロットがたずねました。

パーシヴァル王《おう》は首《くび》をふりました。

「そのような危険《きけん》はおかせんな、姫《ひめ》。あれはよいめすドラゴンじゃ、さいこうのといってよいくらい。しかし不器用《ぶきよう》でな。そのようなことをたのめば、つばさをぶちつけて、煙突《えんとつ》を屋根《やね》からたたきおとしてしまうじゃろう」

王《おう》さまはふかいため息《いき》をつかれました。

「ああ、どうしたらよいものか。炭《すみ》の袋《ふくろ》をもってくるなぞ、考《かんが》えもせなんだ。ほっ、そうじゃ！　もどってフェアリー寮母《りょうぼ》にたのもう。そなたたち、すぐ走《はし》って行《い》ってくれ。ここにじっとしていることはない」

「ですが、王《おう》さま、小《ちい》さいドラゴンが動《うご》かないでいるよう、みんなで見《み》はっていたほうが、よろしいのでは？」ソフィアが聞《き》きました。

聞《き》いてくれて、ほんとによかったわ。だってわたしたちは、みんな小《ちい》さいドラゴンをそこにのこしておきたくなかったんですもの。

パーシヴァル王《おう》は、ひげをひねっておっしゃいました。

「ふむ。それがよいかもしれん。ただ、くれぐれも窓《まど》に近《ちか》づくでない、わかったな？」

「はい、王《おう》さま」わたしたちは声《こえ》をそろえて答《こた》えました。

Capter Four

第《だい》４章《しょう》

パーシヴァル王《おう》が息《いき》を切《き》らして階段《かいだん》をおりて行《い》かれるあいだに、わたしたちはいくつかのグループにわかれました。もちろん、ケティとシャーロットが、エミリーと、アリスと、ソフィアとわたしの立《た》っているところによってきたのです。

「こんな授業《じゅぎょう》になるなんて、想像《そうぞう》もしなかったわね」ケティが目《め》をかがやかせていいました。

「ほんと！」わたしがいいました。

「わたしは、あの小《ちい》さいドラゴンがだいじょうぶならいいと思《おも》うだけよ！」

「いいことをおっしゃいますね！」パーフェクタがいじわるそうにいって、わたしたちのほうによってきました。

「だって、これはみんな、おくびょうネコのデイジーのせいでしょ！あなたがあのちびのドラゴンをおどかさなかったら、逃《に》げなかったんですもの！」

「そのとおり」フロリーンがさんせいしました。

「クイーン・グロリアナ園長《えんちょう》に知《し》れたら、きっと学園《がくえん》から追《お》いだされるわよ！」

「ちがうわ。そんなことにはならない！　デイジーがすべったのは、デイジーのせいじゃないんですもの」エミリーがいいました。

「わたし、すべったんじゃない」わたしはいいはじめてからやめました。フロリーンが足《あし》をだしてわたしをつまずかせたとき、エミリーはすぐとなりにいたのです。ほかのだれに見《み》えなくても、エミリーには見《み》えたはず。わたしがここで説明《せつめい》なんかしたら、いいわけをしようとしているみたいに聞《き》こえるだけのことでしょう。

「心配《しんぱい》しないことよ、デイジー」ソフィアがいいました。

「だれが見《み》たって、あれはちょっとした事故《じこ》ですもの」

ソフィアも親切《しんせつ》にいってくれているのはわかるけれど、わたしはだんだんいやな気分《きぶん》になりました。

とくにシャーロットが、そのあとから、こんなことをいったのです。

「あなたがわざとドラゴンをおどかしたのでないって、わたしたち、だれにでもいえるわ」

パーフェクタはにやっと笑《わら》いました。

「だれだって、わかるわよね、あなたがドラゴンにかけよって、おどかそうとしていたことくらい。ねえ、フロリーン？」

フロリーンはうなずきました。

「自分《じぶん》がゆうかんだってとこ、見《み》せようとしたんでしょ！」

「デイジーはゆうかんよ」エミリーがいいました。

「こわがっていながら、なにかやれるってことは、平気《へいき》でいてやるより、ずっとゆうかんよ」

これを聞《き》いて、わたしはますますいやな気分《きぶん》になりました。だってわたしは、こわがってなんかいなかったんですもの。わたしはただ腹《はら》を立《た》てていたのです。パーフェクタがへんなことをいったから。

そのうち、おそろしい考《かんが》えが頭《あたま》にうかびました。もしパーフェクタのいうとおりだったとしたら？　わたしは、フロリーンにつまずかされる前《まえ》に、小《ち》さいドラゴンをおどかしてしまったのかしら？　わたしは頭《あたま》がぼんやりして、どう考《かんが》えていいかわからなくなりました。そのとき、大《おお》きな声《こえ》ががーんと入《い》り口《ぐち》から聞《き》こえてきたので、わたしのひざはゼリーのようにぐにゃぐにゃになってしまいました。

「この教室《きょうしつ》では、なにがどうなっているのか、だれかはっきり説明《せつめい》してくれませんか?」

フェアリー寮母《りょうぼ》さまが入《い》り口《ぐち》に立《た》っていましたが、とてもおこっているので、いつもの二倍《にばい》くらいのサイズになっています。わたしは、思《おも》わず手《て》をあげました。どんなドラゴンを見《み》たときよりも、おびえていたのに。

どうやってさいごまでしゃべったか、おぼえていないけれど、とにかく説明《せつめい》はしました。フェアリー寮母《りょうぼ》さまは、わたしがつっかえつっか

え、しゃべっているあいだ、なにもいいませんでしたが、わたしがおびえて、つらい思《おも》いをしているのはわかったようでした。話《はな》しおわると、そこにじっとしていらっしゃい、といいました。そしてほかのみんなはまっすぐ食堂《しょくどう》に行《い》くように、と。

「あのお、フェアリー寮母《りょうぼ》さま」とケティがゆうかんにいいました。「パーシヴァル王《おう》さまが、助《たす》けを見《み》つけてくるまで、小《ちい》さいドラゴンを見《み》はっているようにいわれたのですけど」

「それは私《わたし》がやります！」寮母《りょうぼ》さまが大声《おおごえ》でいいました。

みんながいなくなると、フェアリー寮母《りょうぼ》さまはわたしを刺《さ》すような目《め》でにらみました。

「さあ、デイジー姫《ひめ》！　私《わたし》がパーシヴァル王《おう》のために炭《すみ》を一袋《ひとふくろ》見《み》つけてくるまで、ここにじっとしていなさい。王《おう》さまは、あのちびのいたずらドラゴンのことがご心配《しんぱい》で、おひげをひきちぎっておいでです。けれど、なにか食《た》べるものをあたえれば、すぐにおりてくると思《おも》っておられるのです。そしてあなたがいったように、あのドラゴンをこわがらせて、追《お》いやったのはあなたなのですから、ここで番《ばん》をしていなさい、私《わたし》がもどってくるまで！」

わたしは、フェアリー寮母《りょうぼ》さまが、いつもよりもっと大《おお》きくなって出《で》て行《い》くのを見《み》ながら、こういうふうに寮母《りょうぼ》さまが大《おお》きくなったり、ちぢんだりするのに、いつかなれるときがくるだろうかと考《かんが》えてしまいました。それともうひとつ、寮母《りょうぼ》さまは出《で》て行《い》きがけに、戸口《とぐち》でふりかえって小《ちい》さなウィンクをされたけど、あれはわたしの想像《そうぞう》だったのかしらと。

Capter Five

第《だい》5章《しょう》

「デイジー！」
わたしがふりかえると、エミリーと、ケティと、アリスと、シャーロットと、ソフィアがこっそりお部屋《へや》にはいってくるところでした。
「あなたたち、ここでなにをしているの？」わたしはびっくりして聞《き》きました。
「もしフェアリー寮母《りょうぼ》さまに見《み》つかったら、マイナスのティアラ点《てん》を何千点《なんぜんてん》ももらっちゃうわよ！」

「あなたを一人《ひとり》のこして行《い》くわけにはいかないのよ！」アリスがいいました。

「それにとってもいいこと思《おも》いついたの。ほら、見《み》て！　わたしたちのフェアリー・ケーキもってきたのよ。ドラゴンがおなかすかしていると思《おも》うの！」アリスは袋《ふくろ》をふって見《み》せました。

「ドラゴンは食《た》べたがらないわって、あたくしがなんどもいったのだけれど」ソフィアがいいました。

「パーシヴァル王《おう》さまが、小《ちい》さいドラゴンは炭《すみ》が好《す》きだって、おっしゃってたでしょう？　でもそんなものは見《み》つからなくて」

「ためしてみても、いいんじゃないの」アリスがいいました。

わたしは二人《ふたり》を見《み》つめました。頭《あたま》の中《なか》でなにかがぶつぶつ……そして思《おも》いだしました！　わたしのケーキ……わたしの黒《くろ》こげケーキ……あれはどこへ行《い》った？

わたしは自分《じぶん》のバッグのところへ走《はし》って行《い》って、ひきあけました。あった！　まだはいってた！　そしてほんとうに炭《すみ》みたい！

「見《み》て！」わたしはいうと、窓《まど》からこげたケーキのかけらを一《ひと》つなげました。かるすぎて遠《とお》くまでとびません。煙突《えんとつ》のずっと手前《てまえ》におちました。でも小《ちい》さいドラゴンはすわりなおして、くちびるをなめました！

「好《す》きみたいね！」ケティがうれしそうにきゃっきゃと笑《わら》っていいました。

「もっと近《ちか》くになげてみたら？」シャーロットがいいました。

「ええ、そうね」わたしは答《こた》えました。それから大《おお》きく息《いき》をすいこむと、バッグをもって、窓《まど》をのりこえて屋根《やね》に出《で》ました。

「デイジー！　もどって！　あぶないじゃないの！」エミリーがわめきました。

わたしは、聞《き》いていませんでした。小《ちい》さいドラゴンにむかってしっかり歩《ある》き、すこし近《ちか》づいたところで、なぐさめるようにやさしく話《はな》しかけました。ドラゴンが不安《ふあん》そうになったので、わたしは近《ちか》づくのをやめ、ケーキを二《ふた》つ、屋根《やね》のタイルの上《うえ》におきました。

「ほら、ほーら」わたしはそういって、こげたケーキをくだいて線《せん》のようにまきながら、行《い》ったときと同《おな》じくらいゆっくりもどりました。

わたしが窓《まど》までつかないうちに、小《ちい》さいドラゴンがとびおりる音《おと》が聞《き》こえ、友《とも》だちの顔《かお》のようすから、ドラゴンがわたしのあとについてくるのがわかりました。ケティがわたしを手《て》まねきしました。ソフィアはにっこりし、エミリーはうなずいています。アリスとシャーロットは音《おと》を立《た》てない拍手《はくしゅ》をしていました。

わたしは塔《とう》の中《なか》にはいもどり、お部屋《へや》のまんなかまで、さらにケーキのかけらをまいて行《い》って、とうとうバッグが空《から》になりました。わたしたちは、全員《ぜんいん》かべぎわによりそって、息《いき》をひそめました。

ぴた、ぱた、ぴた、ぱた……小《ちい》さいドラゴンは中《なか》にはいりました！

フェアリー寮母《りょうぼ》さまが、パーシヴァル王《おう》と、炭《すみ》の袋《ふくろ》をもったボーイをつれて階段《かいだん》をのぼってきたころには、小《ちい》さいドラゴンはしあわせそうにわたしのフェアリー・ケーキを食《た》べていました。わたしが耳《みみ》をくすぐってあげると、ドラゴンはのどをならしました。

パーシヴァル王《おう》は、はじめ

びっくりなさったようでしたが、そのあと、とてもしあわせそうなお顔《かお》になられました。

「よい子《こ》じゃ！　よいドラゴンじゃ！」といわれ、わたしには王《おう》さまの目《め》に涙《なみだ》が見《み》えた気《き》がしました。

「おお、なんとよい子《こ》じゃ！」

「デイジーが、いって聞《き》かせたのです！　なにもかも一人《ひとり》でやりました！」エミリーがいいました。

フェアリー寮母《りょうぼ》さまは、わたしに大《おお》きな笑顔《えがお》を見《み》せました。

「あなたは、ドラゴンをこわがっているのかと思《おも》いましたけどねえ！」

「いいえ、今《いま》はもう」わたしは答《こた》えました。それはほんとうだったの。

それで、わたしたちのドラゴンの授業《じゅぎょう》は、おわりになったけれど、そ

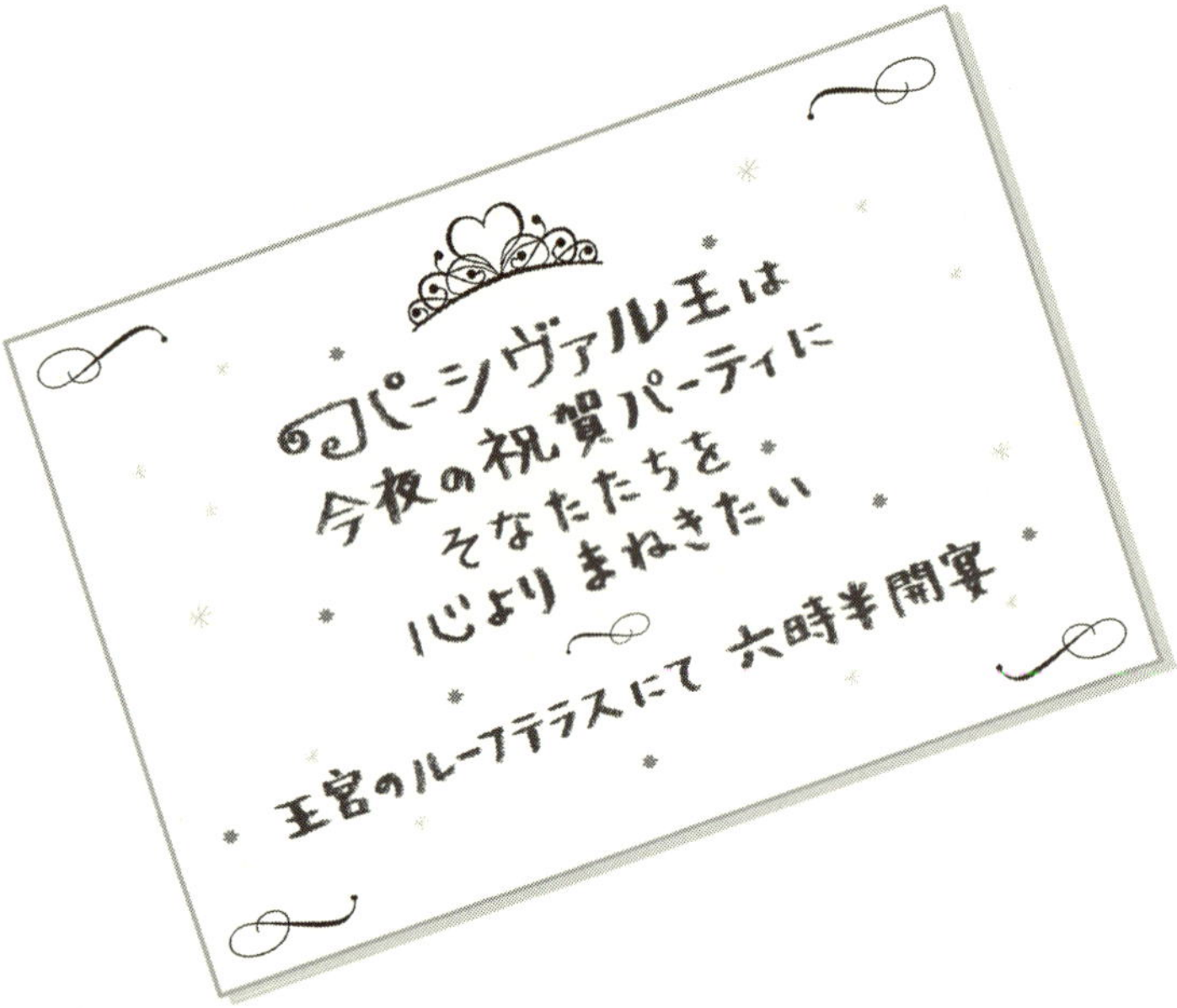
パーシヴァル王は
今夜の祝賀パーティに
そなたたちを
心よりまねきたい
六時半開宴
王宮のルーフテラスにて

のあとパーシヴァル王《おう》からわたしたち六人《ろくにん》に、王《おう》さまのおいわいパーティへのとくべつご招待《しょうたい》をいただいたのです！

「そなたたちには、大《おお》いに感謝《かんしゃ》しておる」王《おう》さまは、年《とし》とったしわがれ声《ごえ》でいわれました。

「はん！」フェアリー寮母《りょうぼ》さまの声《こえ》がしました。杖《つえ》をいそがしくふって窓《まど》をなおしています。でも「はん！」はおこっている声《こえ》ではありません。「こんなさわぎをおこしたあとだというのに、この姫《ひめ》たちに、そんないい思《おも》いをさせてよろしいので？」

「さわぎじゃと？」パーシヴァル王《おう》が聞《き》きかえされました。

「王《おう》さまにお話《はなし》なさい、デイジー」フェアリー寮母《りょうぼ》さまはそういいながら、ちらっとウィンクしました。

「ベビー・ドラゴンがおびえたのは、わたしのせいです、王《おう》さま。ほんとうに申《もう》しわけありません」わたしはいいました。

「ばかなことを申《もう》すでない、姫《ひめ》」パーシヴァル王《おう》が首《くび》をふっていわれました。

「わしはすべてを見《み》ておった！　そなたはつまずかされたのじゃ。さっき、その話《はなし》をフェアリー寮母《りょうぼ》にしていたところじゃ。フロリーンという子《こ》が、足《あし》をつきだし……わしはあの子《こ》に二十《にじゅう》マイナス・ティアラ点《てん》をあたえた。そなたにはプラス点《てん》じゃよ、もちろん。ほかの五人《ごにん》にも、それぞれ三十点《さんじゅってん》ずつ！」

そしてわたしは、あんまりお姫《ひめ》さまらしくないことだとは思《おも》うけれど、とってもうれしくなってしまいました。

Capter Six

第《だい》6章《しょう》

パーティは、ベビー・ドラゴンの一歳《いっさい》のおたんじょうをいわう会《かい》でした。そのうえ、なんともすばらしくて、めずらしくて、びっくりしたのは、パーシヴァル王《おう》の宮殿《きゅうでん》へ行《い》くのに、ドラゴンにのってとんで行《い》きなさいといわれたこと！

ベビーのお母《かあ》さん、アージェントはとっても大《おお》きいドラゴンだから、わたしたち六人《ろくにん》をウ

ロコの背中《せなか》にのっけて、すいーっととんで行《い》きました。

ああ、ほんとうにたのしかった！　花火《はなび》がシュッシュッ、パンパン、ドーンとあがり、すばらしい虹色《にじいろ》の星《ほし》がシャワーのようにロケットから落《お》ちてきました。

わたしたちは、魔法《まほう》の屋上《おくじょう》庭園《ていえん》でいつまでも、いつまでもおどっていました。

そのうちとうとう、さいごの花火《はなび》が消《き》えてしまうと、アージェントが空中《くうちゅう》をとんできて、火《ひ》の煙《けむり》のリングをふきだしました。

それがゆっくりと地上《ちじょう》に落《お》ちて行《い》くあいだ、わたしたちは、いつまでも拍手《はくしゅ》をしました。

月《つき》がのぼって、わたしたちは銀色《ぎんいろ》の光《ひかり》の中《なか》でまたすこしおどり……

そのあととんでかえったのは、あんまりよくおぼえていないわ。だって、ねむかったんですもの。

お部屋《へや》についてから、フェアリー寮母《りょうぼ》さまがベッドにねかせて、おふとんをかけてくださったのも夢《ゆめ》かもしれません。でもこういっているのはたしかに聞《き》きました。

「おやすみ！　バラの部屋《へや》の姫《ひめ》たち！　ゆっくり、おやすみ！」

次回《じかい》のお話《はなし》は……

「アリス姫《ひめ》と魔法《まほう》の鏡《かがみ》」

こんにちは！　あたし、ずーっとあなたにお会《あ》いしたかったの。あなたってさいこう！　こわいパーフェクタ姫《ひめ》や、フロリーン姫《ひめ》とはちがって。

あの人《ひと》たちときどきすごくいじわる！　うちのお姉《ねえ》さまの話《はなし》では、パーフェクタはきょねんティアラ点《てん》がじゅうぶんとれなくて、すばらしいティアラ・クラブにはいれなくて、もう一度《いちど》あたしたちといっしょの一年生《いちねんせい》にのこされたから、あんないじわるになっちゃったんですって。あたしたちついてないわ！

そうそう、あたしはアリス姫《ひめ》よ。「りっぱなお姫《ひめ》さま」になるためのお勉強《べんきょう》をしようと、お姫《ひめ》さま学園《がくえん》にきたの。あなたと同《おな》じね。でも学園《がくえん》って、ちょっときついわね。もしシャーロット姫《ひめ》や、ケティ姫《ひめ》や、エミリー姫《ひめ》や、デイジー姫《ひめ》や、ソフィア姫《ひめ》がいなかったら、あたし、くじけちゃいそう！　あなたはどうかしら？　あたしにとっては、いつもいいことばかりではないのよ・・・

……また次《つぎ》のお話《はなし》でお会《あ》いしましょうね！

著者

ヴィヴィアン・フレンチ
Vivian French

英国の作家。イングランド南西部ブリストルとスコットランドのエディンバラに愛猫ルイスと住む。子どものころは長距離大型トラックの運転手になりたかったが、4人の娘を育てる間20年以上も子どもの学校、コミュニティ・センター、劇場などで読み聞かせや脚本、劇作にたずさわった。作家として最初の本が出たのは1990年、以来たくさんの作品を書いている。

訳者

岡本 浜江
おかもと・はまえ

東京に生まれる。東京女子大学卒業後、共同通信記者生活を経て、翻訳家に。「修道士カドフェル・シリーズ」（光文社）など大人向け作品の他、「ガラスの家族」（偕成社）、「星をまく人」（ポプラ社）「両親をしつけよう！」（文研出版）、「うら庭のエンジェル」シリーズ（朔北社）など子供向け訳書多数。第42回児童文化功労賞受賞、日本児童文芸家協会顧問、JBBY会員。

画家

サラ・ギブ
Sarah Gibb

英国ロンドン在住の若手イラストレーター。外科医の娘でバレーダンサーにあこがれたが、劇場への興味が仕事で花開き、ファッションとインテリアに凝ったイラスト作品が認められるようになった。ユーモア感覚も持ち味。夫はデザイン・コンサルタント。作品に、しかけ絵本「ちいさなバレリーナ」「けっこんしきのしょうたいじょう」（大日本絵画）がある。

ティアラクラブ③
デイジー姫《ひめ》とびっくりドラゴン

2007年8月15日　第1刷発行
著/ヴィヴィアン・フレンチ
訳/岡本浜江　translation © 2007 Hamae Okamoto
絵/サラ・ギブ

装丁、本文デザイン/カワイユキ
発行人/宮本功
発行所/朔北社《さくほくしゃ》
〒101-0065　東京都千代田区西神田2-4-1 東方学会本館31号
tel. 03-3263-0122　fax. 03-3263-0156
http://www.sakuhokusha.co.jp
振替 00140-4-567316

印刷・製本/中央精版印刷株式会社
落丁・乱丁本はお取りかえします。
82ページ　130mm×188mm
Printed in Japan ISBN978-4-86085-055-5 C8397